W0349817

people

Via Einaudi, 3
21052 Busto Arsizio (VA)

ISBN 9791280105752

Progetto grafico:
Riccardo e Tommaso Catone

www.peoplepub.it

SARÒ BRE

di Alessio Viola

prefazione di
Marianna Aprile

Eppure, è sempre vero anche il contrario.
(Leo Longanesi)

A papà, per la curiosità.

Il principale problema di Alessio Viola
Prefazione di Marianna Aprile

Il principale problema di Alessio Viola è che non sa disegnare. Sapesse farlo, i suoi non sarebbero tweet ma vignette, campeggerebbero sulle prime pagine di qualche quotidiano e tutti già da un po' parleremmo di lui come dell'Altan di domani, del Bucchi dell'anno prossimo o del Makkox di magari un giorno. Invece non sa disegnare e nel suo campo questo è un limite fortissimo. Un altro è la professione: anche quando cazzeggia (si potrà scrivere "cazzeggia" nella prefazione di un libro?), Alessio non dimentica di essere prima di tutto un giornalista, negandosi licenze che a chi non ha, per deformazione professionale, il dovere del reale, sono concesse.

Problemi e limiti a parte, Alessio però twitta. Spesso, il tweet definitivo sulla notizia, la polemica, il tormentone del momento. La relazione tra lui e la brevità è felice, direi un amore ricambiato: lui la valorizza, lei non lo fa stancare troppo. Perché quel che si dice, che esser brevi è più faticoso, è vero per tutti ma un po' meno per Alessio che, in sorte, ha avuto il dono di essere fulmineo, di riuscire a collegare in impercettibili lassi di tempo cose lontanissime, in sintesi che valgono trattati. Sulla politica, sui tic che tutti abbiamo, sulla musica, sui film, sulle persone. «Prodi decolla in Mali e atterra in peggio» (quando il Pd affossò la sua salita ormai certa al Quirinale). «Renzi, Lega Araba: spieghi i continui viaggi in Italia» (sugli inopportuni impegni del senatore di Rignano con l'amico Bin Salman). Potrei citarne decine. Forse centinaia, avendo io, invece, avuto in sorte la sventura di fargli da hard disk esterno, da una ventina d'anni. Di quel che scrive (ahimè, e ahilui, anche di quel che dice) ricordo tutto e spesso mi capita persino di ricordargli qualcosa.

In realtà però, se potessi, preferirei parlare dei tweet che non avete letto, quelli che mi manda via WhatsApp quando è incerto se pubblicarli. Sono i tweet politicamente più scorretti, graffianti, talvolta persino urticanti, per quanto l'associazione dell'aggettivo ad Alessio possa apparire azzardata. Sono tweet che lambiscono i temi sui quali negli ultimi anni abbiamo tutti allenato una sensibilità che si fa a tratti esagerata, ossessiva, quella sì urticante davvero. Perché se prima per essere politicamente corretti bastava evitare "the-N-word" e poco altro, adesso devi fare sfiancanti slalom tra "qualsiasi-lettera-word", desinenze neutre, asterischi, femminili stiracchiati e frasi levigate fino allo sfinimento da ogni possibile spigolo, per non urtare sensibilità e permalosità sempre più ipertrofiche e violente e sempre meno comprensibili.

Con gli anni, Alessio mi ha trasformata insomma in una sorta di Minculpop del suo account Twitter. Ruolo che dapprima ho vestito malvolentieri e solo per una sorta di incongruo (e, ammetto, superfluo) istinto di protezione. Ma, confesso, più passa il tempo più inizio a viverlo come un privilegio. Posso leggere quello che Alessio potrebbe scrivere se non foste (ok, fossimo) diventati tutti così rompipalle e sapesse anche disegnare. A chi fa satira con le vignette è infatti ancora concesso di deragliare un pochino dai binari sempre più stretti del politicamente corretto. Il tratto della matita è efficace elemento di disturbo per un'indignazione che, invece, tende a concentrarsi in modo ossessivo su ogni lettera, in sua assenza.

In attesa che Alessio impari anche a disegnare, non sapete cosa vi state perdendo.

In fondo questo libro è un Greatest Tweets

Nota dell'editore
di Giuseppe Civati

I tweet di Viola, *formiche* che nel loro piccolo sono irresistibili, ci restituiscono dieci anni e passa (che sembrano non passare), e la loro schiettezza ci fa sorridere dei guai che abbiamo affrontato e scampato.

C'è un Berlusconi assoluto protagonista in una lunga e necessaria decadenza. C'è un Pd in cerca di identità, c'è una politica che scivola via, ma c'è soprattutto quel "costume" che è sempre più difficile raccontare. Viola lo fa, epigrammatico, sagace, spaesante, come una mossa Kansas City, come un dribbling di Garrincha, sempre laterale e però sul pezzo.

Viola va vissuto così, come uno shot, come un colpo secco e micidiale, e però anche come tormentone, di cui è maestro assoluto.

Per il resto, la sua vita si sviluppa altrove e rende "sana" questa attività di twitterista diabolico, proprio perché non è il suo lavoro, ma solo un divertimento esagerato che Alessio condivide con gli altri.

Ah, se il web fosse tutto così, se non ci fosse quell'ansia da influenza declinata in parole inglesi, se non ci fosse quell'aspetto bellamente narcisistico ma solo la voglia di far sorridere altre persone. Semplicemente. Senza essere volgari, *quasi* mai.

Non pensate però che i tweet di Viola siano piatti o scontati. Arrivano e fanno ridere anche quando impagini, quando li rileggi per selezionarli, come ci è capitato un pomeriggio a Roma, che abbiamo più riso che editato.

Alessio Viola non aveva mai pubblicato un libro. E se ne era pure vantato in uno scherzo che fu raccolto dalla rete con una standing ovation. Ora è come tutti gli altri. People lo ha reso umano, ma lui rimane fuori categoria. Troppo talento, troppo piglio, troppa irrequietezza. Chi non lo ama è perduto.

SARÒ BRE

Il mio secondo libro

A novembre del 2019 andai ospite a *Battute*, il programma di Giovanni Benincasa su Raidue. Con lui e con gli autori, in studio, poco prima di registrare, nacque l'idea di farmi presentare durante la trasmissione un finto libro, visto che di colleghi in promozione con qualche libro ce ne sono sempre a tutte le ore. Appiccicammo una copertina a un libro qualunque trovato in redazione e rilegammo così al volo quello che in tutto e per tutto sarebbe stato presentato come il mio primo libro, che si sarebbe intitolato *Io sono l'unico giornalista italiano a non aver scritto un libro*, con tanto di quarta di copertina con biografia e tutto. La gag in onda fu carina. Postai qualche ora dopo questa foto su Instagram e fu un successo. Alcuni ridevano, qualcun altro chiedeva quando uscisse e se per caso si trovasse anche su Amazon, diversi in direct si rallegravano con me. Un messaggio mi colpì più di tutti. Mi faceva i complimenti. Perché lo aveva letto. Sì, e gli era anche piaciuto! Così sosteneva. Magie dei social, io da quel giorno però pensai che il mio primo libro alla fine lo avevo fatto. Per questo vi chiedo la cortesia di considerare, insieme a me, quello che avete tra le mani, come il mio secondo. La prova più dura, dopo il grande successo del primo.

Formiche Viola

Una decina di anni fa sui social parlavamo di noi in terza persona (tipo Alessio sta andando al cinema), oggi ci mandiamo affanculo in prima. Dieci anni fa non esisteva il maiuscolo e avevamo molto chiara la differenza tra il punto esclamativo e l'uno scritto a numero. Una decina di anni fa il *social dilemma* si apriva a noi, pervasi da quella contagiosa e illuminata Obamella collettiva fatta di *hope* ovunque e sempre, tutti uguali tutti vicini e *yes we can*, senza nessuna certezza, che commozione, che tenerezza (cit.). C'era pure una cosa che si chiamava #FF (Follow Friday): il venerdì ognuno suggeriva ai suoi follower qualcuno interessante da seguire. Li ricordo come una specie di tè delle cinque nella nostra spensierata e speranzosa Contea Baggins digitale. Una decina di anni fa cominciai anche io a twittare, poi ci presi gusto e con una certa, pigra, parsimonia continuo a farlo anche oggi. Di Twitter ho amato da subito questa cosa della sintesi. Da giornalista, mi ha sempre guidato quella vecchissima, celebre frase di Blaise Pascal che esaltava il lavoro di asciugatura di ogni testo, quando disse: «Mi scuso per la lunghezza della mia lettera, ma non ho avuto il tempo di scriverne una più breve». Per di più sono convinto che spesso la brevità, come una folgorazione, possa contenere al suo interno molte più cose di un *longform*. I 140 caratteri (che poi sono raddoppiati perché si è dimezzato il tempo che ci diamo per scriverli) mi sono sempre sembrati un bel perimetro per ospitare il pensiero. Forse lo penso perché sono pigro, forse perché come tutti, anzi più di altri, la mia soglia dell'attenzione è andata assottigliandosi tipo presbiopia, negli anni. Però lo penso.

Una decina d'anni fa tutto quello che credevamo fosse Obama poi è diventato Trump, ci siamo polarizzati, incattiviti, impermalositi tantissimo, unovaleunizzati, sovranistizzati, populistizzati, law&orderizzati, insomma, nel nostro personale album social guardare a una decina di anni fa ha un po' il sapore di una vecchia foto da bambino di Genny la carogna.

Il mio primo tweet è del 2010. Il 23 gennaio. Sul *Corriere* in prima pagina quel giorno c'erano i problemi giudiziari del presidente del Consiglio Berlusconi, di spalla questo titolo: «L'incubo del Pd è perdere le elezioni già domani». Crolla tutto insomma, ma le cose importanti, per fortuna, restano.

Una decina di anni fa il vento del politically correct soffiava molto meno forte di oggi e la smania di indignarsi, in massa, più volte al giorno, era più debole. La satira e l'umorismo, che ho sempre amato, avevano dei bersagli un po' più semplici, definiti, diciamo. C'era Lui, Silvio, «il principale leader dello schieramento a noi avverso» (cit.), e un po' dietro tutto il resto. Poi è crollato il nostro muro di Berlino, il lettone di Putin, e il "nuovo" ha cominciato ad avanzare. L'impressione è che col tempo, a colpi di «il web insorge», ci siamo messi al centro. Ognuno di noi è al centro del mondo, ogni cosa che vede, che legge, ogni pubblicità, ogni dichiarazione di qualcuno, è come se fosse diretta solo a noi. Questa cosa la spiegava bene Ricky Gervais in un suo show: «Prendiamo tutto sul personale. È come andare in piazza, vedere la pubblicità di un corso di chitarra e iniziare a urlare: "Io non voglio prendere lezioni di chitarra cazzo! Cos'è? C'è un numero? Ok, chiamiamo. Lei dà lezioni di chitarra? Vaffanculo! Non mi interessa, ok?"». È questa cosa qui. Non tutto quello che ci capita davanti è destinato a noi. Non tutto quello che leggiamo lo capiamo, e magari dobbiamo andare a studiarci qualcosina per saperne di più, se vogliamo dire la nostra e comportarci subito come chi vuole indietro il costo del biglietto. Poi ci siamo derbizzati, nel senso che su qualsiasi cosa è tutto un Roma-Lazio (o Milan-Inter, come preferite). Se fai un tweet prendendo in giro la Roma, sei subito della Lazio. Se fai un tweet in cui prendi in giro la Lazio, sei immediatamente della Roma. Stiamo continuamente allo stadio, anche quando li hanno chiusi, e ogni pensiero deve trasformarsi in un coro sennò non si sente. E devi per forza stare in curva, e le curve sono due. Se non stai in una stai nell'altra, stop. Perché? Perché sennò sei della Lazio.

Comunque nel frattempo facciamo stories, tagghiamo gente. È la nuova socialità social. Un giorno capiremo se, per dirla come l'Ema con AstraZeneca, i benefici supereranno i rischi.

Quando Pippo con la sua People (sì, in pratica Pippol, l'ho pensato) mi ha proposto questa raccolta, la mia prima reazione è stata una cosa tipo: «Pippo ma che dici, non sono mica Flaiano»; poi devo dire che ripescandoli, rileggendoli, mi è parso divertente ripercorrere questi ultimi anni attraverso dei tweet che in fondo quegli anni in qualche modo li raccontano. Sono gli anni delle grandi novità, delle spunte blu, delle *challenge* sui social, del *climate change* che ha cambiato pure noi, dei telefonini sempre in mano, dei Ferragnez, della sfilza di Royal Baby, di due Papi, due Napolitani, dell'Italia Campione del mondo e dell'Italia che non va ai Mondiali, dei ponti che crollano, di tutti con la barba, dei calzini in via di estinzione, insomma gli anni in motorino non più in due.

Sempre quando Pippol mi ha proposto questa raccolta, ho anche pensato a un libricino che da ragazzo ho amato molto. Era la raccolta di battute di Gino e Michele e Matteo Molinari, che poi diventò una specie di saga letteraria: *Anche le formiche nel loro piccolo si incazzano*. Nella loro prefazione, me la ricordo sempre quando leggo o scrivo una battuta, scrivevano: «Sottilissimo è il filo che separa una buona battuta da una tremenda stronzata». Ed è vero. Come è vero che tra i vari tweet che leggerete molti hanno di sicuro scavallato quel sottilissimo filo. Speriamo non troppi.

Queste Formiche Viola sono un naturale omaggio a quel libricino. Un diario breve, un breviario vario. Raccolte così, selezionate un po', per lo più sono i tweet che ho scritto a rotta di collo in questi anni, sul mondo, su me stesso, sul mio lavoro, sui tormentoni che agitano il nostro comune dibattito, sul chiacchiericcio delle nostre giornate, sulle cose che non stavano né in cielo né in terra ma apparentemente su Twitter trovavano grande ascolto e gradimento. Le Formiche Viola nel loro piccolo divertono, mi dicono in molti. Speriamo reggano il *binge reading* di vederle tutte insieme. Perché il tempo passa, ma quel filo resta sempre sottilissimo.

La politica è un'altra cosa

Le divisioni a sinistra, le divisioni nelle divisioni a sinistra, le divisioni nelle divisioni nelle divisioni a sinistra. La destra che da berlusconiana diventa salviniana, da Dudù alla bestia di Salvini, passando per il cane di Monti; e poi l'Europa, gli euroscettici, i nuovi radical chic che con l'imbarbarimento generale sono sostanzialmente diventati quelli che hanno fatto il liceo. Gli anni di Renzi, personalizzare sì, personalizzare no, il lasciare la politica, le divisioni a sinistra. La Brexit, gli Stati Uniti Great Again, le figuracce, le gaffe, l'ascesa dei Cinque Stelle dal vaffa al mandato zero e le espulsioni continue, il disastro della Raggi, l'epopea di Spelacchio a Roma, Beppe, l'Atac, la povertà abolita, i balconi, i barconi, i diritti civili, quelli incivili, le divisioni a sinistra. In poco più di dieci anni siamo passati dal lamentarci per una classe politica troppo vecchia a una classe politica e basta, nel senso di classe a scuola. Abbiamo visto cose che voi umani non potreste immaginarvi. La continuo, va'. No vax da combattimento in fiamme al largo dei post di Burioni, e ho visto Raggi balenare nel buio vicino alle porte del Muro Torto. E tutti quei momenti andranno perduti nel tempo, come segretari Pd nella pioggia.

Abbiamo visto il referendum di Renzi, su Renzi, con Renzi, senza Renzi, nonostante Renzi. Ma prima ancora Silvio, il bunga bunga, le *dimission impossible* del 2011, i centocinquantamila nuovi predellini, le centosettantamila discese di nuovo in campo, Ruby Bis, Ruby Ter, Ruby Quater, Ruby La serie. A proposito di Silvio. Mettendo insieme i tweet più politici mi sono reso conto che Berlusconi meritava uno spazio a sé. Me ne sono reso conto ma in realtà l'ho sempre saputo. Tutti noi lo abbiamo sempre saputo. Politica, costume, arte. Silvio è sempre stato un po' di tutto. La sua traiettoria è la più lunga ed è stata fonte, per me e per gli italiani, di ogni tipo di sentimento: amore, simpatia, rifiuto, rabbia, compassione, nostalgia. Silvio non è un personaggio politico, è una specie di quadro di Andy Warhol, è Michael Jackson (lo so si potrebbero fare molte battute, ma non intendevo quello), è un kolossal, un Blockbuster, un film di Tom Cruise insomma.

Per questo troverete tanta roba su di lui. E dopo di lui Di Maio, Toninelli, Conte in taxi, il suo esordio in politica, il suo curriculum misterioso, Fico in autobus, Casalino in piedi, Di Battista in macchina. Salvini in divisa, Salvini che mangia, Salvini che prega, Salvini che citofona, la ricerca del Macron italiano, poi la ricerca della Le Pen italiana, poi la ricerca del Trump italiano, poi i porti chiusi, semichiusi, accostati, gli italiani a casa e gli immigrati in hotel, i governi tecnici, le larghe intese, fraintese, le contese, le pretese, e Napolitano e Mattarella. E le divisioni a sinistra.

In mezzo, le prime pagine di *Libero*, gli applausi a *DiMartedì*, i diari della crisi.

Sono i nostri ultimi dieci anni circa.

Su di loro, su di noi, a fine febbraio 2020, dopo il Dov'è Bugo nazionale, la pandemia. Lockdown, balconi, andràtuttobene, no non andràtuttobene, il dibattito su come ne usciremo mentre non ne usciamo, la certezza che ne usciremo nel migliori dei casi esattamente come ci siamo entrati quindi così così; i dpcm, le faq, fuck the faq, l'Italia che si ferma, l'Italia che riparte, l'Italia che si riferma, i bollettini, i morti, le task force, i no mask, i no vax, le zone rosse e poi apriamo ma non è un liberi tutti, il lockdown per evitare il lockdown, i congiunti, le elezioni americane che non finiscono mai, Trump che capitola e Capitol Hill, e Gallera, Briatore, la nostra terza ondata.

Fino a quello spaesamento della vita di prima che ritorna, con le riaperture, e l'imbarazzo di rispondere a un invito a cena con un «no, io stasera casa». Il tutto mentre in giro tutti sanno tutto dei vaccini. E ti dicono quello che è meglio fare, quello da evitare e il loro preferito. Ognuno col suo Astra macchiato freddo al vetro o no, io preferisco Pfizer in tazza grande.

D'Alema, incalzato su qualsiasi questione che animava il nervoso e isterico dibattito del Paese, rispondeva sempre: «La politica è un'altra cosa, diciamo» (diciamo l'ho aggiunto io, ma ci sta sempre bene). Ho una vaga idea di cosa sia, quell'altra cosa che evocava sempre D'Alema, ma di sicuro so che purtroppo (o per fortuna) è anche, questa roba qua.

Greatest Tweets

@alessioviola
e il suo primo tweet.
23 gennaio 2010

Come on let's tweet again.
24 gennaio 2010

Pedofilia, Vaticano annuncia tolleranza 0 - 12.
16 febbraio 2010

Regionali, i confronti con le elezioni del 2005 non si possono fare perché nel 2005 il Pd non c'era. Ok, si possono fare.
30 marzo 2010

Oggi Natan Falco, il figlio di Briatore, ha compiuto due mesi in 56 giorni, 6 ore, 27 minuti e 20 secondi.
13 maggio 2010

Girato il primo film porno interamente in 3D: Chiavatar.
7 settembre 2010

Minacce di morte a Bocchino. Eros e Thanatos.
15 ottobre 2010

Si sta come d'autunno ad Arcore le voglie.
(G. Bungaretti)
28 ottobre 2010

Mi pensa ancora, si nota da come mi ignora.
14 febbraio 2011

Ho finito il brodo. Take my brodo away.
15 aprile 2011

È morto Pietro Ferrero. Che altro mondo sarebbe senza Nutella.
18 aprile 2011

Sposarsi a Westminster è stata un'abbazia.
#thequeen
29 aprile 2011

Comincio sempre un sacco di cose e non ne
30 aprile 2011

Parentele notturne: cuscino di primo grado.
2 maggio 2011

Garantismo: fino al terzo grado di giudizio è lei troia.
#strausskahn
16 maggio 2011

Ho il sole in tasca che ogni tanto mi casca.
19 maggio 2011

Io sono un serial kinder.
28 maggio 2011

Meglio pieni di sé o pieni di se?
6 giugno 2011

Vorrei un gelato ma sono a dieta.
Variegato all'amarezza.
24 giugno 2011

Ai postumi l'ardua sentenza.
16 luglio 2011

Irene declassato a che tempo di merda.
#uragano
28 agosto 2011

Ormai il governo ha le suore contate.
#bungabunga
9 settembre 2011

Deve vincere lei, deve vincere Vanessa Cozza!
#missitalia
18 settembre 2011

iPad figlio di iPod fece un iMac di iPad di iPod!
19 settembre 2011

Ma Drupi ha le droupie?
24 settembre 2011

Non si dimetterà. Salendo al Quirinale devierà, scapperà e inizierà un mega inseguimento sul raccordo che l'Italia seguirà in tv.
#berlusconi
12 novembre 2011

Poteva restare, ne facevamo un altro normale lo stesso. All'estero: voi avete un presidente del Consiglio che... Eh no, noi ce ne avemo due!
12 novembre 2011

Mi chiedono di ripeterlo tre volte come Nando Martellini.
#sièdimesso
12 novembre 2011

Per motivi di sicurezza è entrato da un ingresso posteriore. 17 anni in una frase.
12 novembre 2011

Vampiro incontinente. Scusi dov'è la twilight?
21 novembre 2011

«Quanto dolore, Boris. Inferto, subìto, quanto dolore» (cit.).
18 dicembre 2011

Dopo il flop al cinema di *Vacanze di Natale* sono tutti d'accordo: ci sarà il cinepanettone tecnico.
20 dicembre 2011

È morta la scimmia di Tarzan (cita.).
28 dicembre 2011

Ma se una scimmia muore a ottant'anni è Guinness dei primati?
29 dicembre 2011

È domenica e sono di turno. Ho stoturno contro.
8 gennaio 2012

Oggi è Ernesto Palindromo.
#21.02.2012
21 febbraio 2012

È morto Germano Mosconi. B.I.P.
1° marzo 2012

Ho smesso di usare la sveglia, ho contattato un esorcista, mi trovo meglio.
14 marzo 2012

«E c'è una parte della mia città.
Che assomiglia a te.
Quella dei bar con fuori i tavolini e del silenzio di certi giardini» (cit.).
21 marzo 2012

#Sonocosìpigro che ho scaricato direttamente Retwitter.
25 marzo 2012

Ho perso la testa. Sei la cosa più bella che mi sia decapitata.
26 marzo 2012

Buongiorno, mi twittate qualcosa da dire per #sonocosìpigro grazie?
27 marzo 2012

Ieri era la #giornatadellalentezza.
27 marzo 2012

#Sonocosìpigro che la Procura su di me ha disposto una superpigrizia.
27 marzo 2012

Mio fratello è figlio Unipol.
#kolossalberlusconi
27 marzo 2012

Dead Man Wanking.
#kolossalberlusconi
27 marzo 2012

Il Papino.
#kolossalberlusconi
27 marzo 2012

Fede lascia il Tg4. È induzione alla sostituzione.
#emiliofede
28 marzo 2012

Cinema, in arrivo anche Titttanic, in 3t.
31 marzo 2012

Scandalo Lega, Bossi frainteso. Aveva solo ruttato.
#bossi
5 aprile 2012

Se son Bose suoneranno.
6 aprile 2012

Era il suo mentore. Prese qualche chilo. Diventò il suo doppio mentore.
6 aprile 2012

A Roma di colpo fa così freddo che domani è Santo Stefano.
8 aprile 2012

Zuckerberg ha comprato Impostazioni.
#zuckerbergshopping
10 aprile 2012

In Italia un matrimonio dura quindici anni. In effetti e la chiesa, e le foto, poi troppe portate…
12 luglio 2012

Trova il refuso.

20 luglio 2012

È fortemente sconsigliato uscire di casa. Moody's declassa a vista.
24 luglio 2012

Amarsi a Londra. T'amigi.
26 luglio 2012

– Non ci sei più.
– Neanche tu.
Vuoto sincronizzato.
30 luglio 2012

Stanotte devo assolutamente sognarmi in palestra!
4 settembre 2012

Missing

6 settembre 2012

#iPhone5ècosìpotente che si ricorda i nomi di tutti quelli che dicono che è uguale al 4.
12 settembre 2012

#Renzi parte da Padova, Pd.
13 settembre 2012

Il direttore delle Poste al #Senato arrestato per spaccio. Sequestrati diversi telegrammi di coca.
25 settembre 2012

Facciamolo governare.
#berlusconimemories
27 settembre 2012

Con tutti i soldi che c'ha non ha bisogno di rubare.
#berlusconimemories
27 settembre 2012

Ha creato un impero dal nulla. Ha portato il Milan in Europa.
#berlusconimemories
27 settembre 2012

E comunque è simpatico.
#berlusconimemories
27 settembre 2012

Oh e poi a Mediaset ci sono *Le Iene*, c'è *Striscia*...
#berlusconimemories
27 settembre 2012

La lettera di #Lavitola a Berlusconi è piena di errori grammaticali. Per esempio a un certo punto si parla di dighe.
29 settembre 2012

Schettino parla alla plancia del Paese.
13 gennaio 2013

Dell'Utri: mi candiderò fino alla morte. Fact-checking?
18 gennaio 2013

Bruxelles, il trenino delle libertà entra a far parte del Pepe Peppè Peppè.
#italiadomanda
18 gennaio 2013

È in un'altra di Mora.
#coronanonsitrova
18 gennaio 2013

Ghedini lascia l'aula: «L'aula non è più cosa mia».
1° febbraio 2013

L'amore vince sempre sull'indivia e sull'olio.
21 febbraio 2013

– Scusa ti lascio, ho la batteria dell'iPhone al 2%.
– Comunque più di Fini.
26 febbraio 2013

Ne me quitte papa.
#duepapi
28 febbraio 2013

Berlusconi: sempre creduto in Jorge.
#habemuspapam
13 marzo 2013

La solitudine dei numeri Crimi.
#consultazioni
21 marzo 2013

Fiorito libero. Lo ha deciso il Jeep.
28 marzo 2013

– Ti trovo in forma.
– Faccio streaming tutti i giorni.
29 marzo 2013

#Prodi ha lasciato il Mali, appena atterrato in Peggio. #elezioniquirinale
19 aprile 2013

Ma a quest'ora?

29 agosto 2013

#Berlusconi dirà sì a veryfica.
26 settembre 2013

Ma come può #Barilla dire quelle cose in un Paese Ue come l'Italia, che riconosce e tutela con forza le famiglie non tradi… ah no scusate.
26 settembre 2013

Obama: «Abbiamo le prove dell'uso di Forza Italia sui civili».
29 settembre 2013

Quattro salti in PdL.
30 settembre 2013

Sfiduducia.
2 ottobre 2013

Questa insostenibile leggerezza di tessere. #pd
7 novembre 2013

Nella vita sono cinque o sei i giorni veramente importanti, gli altri sono vertici Berlusconi-Alfano.
14 novembre 2013

Decaduduto.
27 novembre 2013

– Chi si è dimesso?
– Fassina.
– Fassina chi?

– Chi si è dimesso.
– Fassina?
– Fassina chi?
– Chi si è dimesso.
4 gennaio 2014

Effetti ottici.
#regionalisardegna

1° febbraio 2014

#Mastrapasqua ha iniziato a dimettersi. Ne avrà per un mese.
1° febbraio 2014

Ultimo piano senza ascensore. Acido l'attico.
3 febbraio 2014

Letta, Scarpe diem.
#direzionepd
13 febbraio 2014

– Sono fuori dalla palude!
– E cosa vedi?
– C'è Alfano.
#direzionepd
13 febbraio 2014

#staisanremo
18 febbraio 2014

CNEL ne sarà di noi.
#lasvoltabuona
13 marzo 2014

Dobbiamo uscire dall'Eur.
25 marzo 2014

«Sanzioni contro il lavoro dei miei governi per includere la Russia nel consesso delle democrazie occidentali». Berlusconi. Putin. Consesso.
25 marzo 2014

Berlusconi inizia i servizi sociali. «L'Alzheimer è il morbo che amo».
2 maggio 2014

Gli exit poll, quelli che davano il Movimento in una forbice compresa tra le tre e le sette stelle.
26 maggio 2014

Durante la scrittura di questo tweet la Germania ha fatto tre gol.
#brasilegermania
8 luglio 2014

Si avvisano gli avversari che questa sera la porta del Brasile chiuderà alle ore 23.30.
#brasileolanda
12 luglio 2014

Sentenza ribaltata, Merkel chiavabile.
18 luglio 2014

Perché abbiamo la prostituzione più bella del mondo.
26 agosto 2014

WhatsApp, dopo la terza spunta scatta la legge Severino.
3 settembre 2014

Fitto, Fini. I problemi per Silvio iniziano sempre per Fi.
3 ottobre 2014

Domenica si devono spostare le fumate nere per la Consulta un'ora indietro.
22 ottobre 2014

«Il Pd c'ha st'abilità. Se divide».
25 ottobre 2014

Stanotte alle tre i renziani della seconda ora diventano renziani della prima ora?
#oralegale
25 ottobre 2014

Ti amerò per sempre a tutele crescenti.
#lovesact
26 ottobre 2014

– È blu! L'hai letto!
– No, ti giuro, guarda è azzurrina, stavo ancora leggendo!
#whatsapp
5 novembre 2014

Prossima spunta, tripla: sta ripassando.
#whatsapp
5 novembre 2014

Cinquestellar.
27 novembre 2014

Il Movimento Cinque Espelle.
28 novembre 2014

Io non ho mai sciato, e Campo Felice.
4 dicembre 2014

Italia declassata a Bbb- con Outlook che non si apre.
6 dicembre 2014

Islam moderato. Allah è grande, ma non so se ci vivrei.
9 gennaio 2015

Uomo pigro innamorato. Ti amo, vuoi spostarmi?
10 gennaio 2015

Il presidente del Senato è la seconda carica dello Stato. La prima, in questi giorni di supplenza del capo dello Stato. Il vice è Gasparri.
18 gennaio 2015

Finalmente applaudono senza che Mattarella li interrompa.
#discorsomattarella
3 febbraio 2015

Su via Salaria ci sono delle buche che meriterebbero una cerimonia di insediamento quando le prendi.
5 febbraio 2015

Ci sono incentivi per cingolati?
#buche

6 febbraio 2015

Ok l'Isis, ma anche la Motorizzazione e il Pra non scherzano.
19 febbraio 2015

Sul set del nuovo *007* a Roma, Daniel Craig girerà da solo le scene più pericolose. Percorrerà via Nazionale in scooter senza usare stuntman.
21 febbraio 2015

Non girare manco una scena di *007* al Fleming è gaffe?
8 marzo 2015

Ass olto.
#ruby
10 marzo 2015

#Ruby maior.
11 marzo 2015

Lupi si dimette, lo straordinario fenomeno sarà visibile domani a Roma in mattinata.
#eclissi2015
19 marzo 2015

#Formigoni perde il volo, piccolo scontro con il personale a terra. Uno scontrino.
20 maggio 2015

Bagnasco: «Famiglia è quando arbitro fischia».
23 agosto 2015

Ero il centro della sua vita. Con Ztl attiva.
20 settembre 2015

Cameron come Clinton. «I did not have sexual relations with that bacon».
#piggate
21 settembre 2015

Ho scoperto su Instagram che si dice su Twitter che non funziona Facebook.
#facebookdown
24 settembre 2015

Nuovo coming out di monsignor #Charamsa: «Sono Paolo Bonolis».

4 ottobre 2015

Roma, la Procura apre un fascicolo. E ci trova dentro Marino.
6 ottobre 2015

Il sindaco di Roma sta per dimettersi e Marino dove sta, eh?
8 ottobre 2015

A Roma c'è una guerra di cui nessuno parla. Quella dei tassisti romani con le carte di credito.
23 ottobre 2015

Ostia ai divorziati, Fregene insorge.

www.ilmattino.it
Le conclusioni: la politica non deve limitare i diritti delle famiglie. Il Papa: né relativis
Ostia ai divorziati, il Sino
Si deciderà caso per caso. Il via libera con un solo voto di scarto. No
Il riformismo

25 ottobre 2015

L'Italia, un Paese sull'orlo di una unione civile.
28 ottobre 2015

Paparazzato un Momo mentre bacia un altro Momo.
#caschiloro

28 ottobre 2015

#Marino ritira le dimissioni. Si va ai rigori.
29 ottobre 2015

Si parla di un nuovo audio in cui si sente #Tavecchio che parla di calcio. Stavolta rischia davvero.
1° novembre 2015

«Io vivo in mezzo a troppi cuori, io vivo dentro e vivo fuori, è tutto un attico».

4 novembre 2015

Il domani non muore mai, ma pure questo weekend non scherza.
7 dicembre 2015

– Ti amo.
– Posso retwittarlo?
16 dicembre 2015

– Ti amo.
– Io ti vedo più come un amico a tutele crescenti.
20 dicembre 2015

Ho scritto t'amo su Snapchat.
12 gennaio 2016

Unioni civili, trovato accordo su obbligo di scaricare Grindr.
24 febbraio 2016

Vendola papà: «Uso questo mio sogno provocatoriamente contro la pigrizia della politica», le prime parole del piccolo.
28 febbraio 2016

Oggi a Roma si candidano le targhe pari.
17 marzo 2016

– Un'ora sola ti vorrei.
– Vediamoci stanotte, alle due.
#oralegale
27 marzo 2016

#Bertone ai cardinali: «Chi è senza terrazzo scagli la prima pietra».
1° aprile 2016

È da ieri che penso ai divorziati riposati.
9 aprile 2016

#fuorisalone2016
#referendum17aprile

15 aprile 2016

La Polizia s'incastra.

3 maggio 2016

Nasce *Spoiler*, la prima serie che spoilera se stessa. Vuoi sapere come finisce *Spoiler*? Guarda la penultima puntata di *Spoiler*.
11 maggio 2016

#unionicivili

11 maggio 2016

Radicale, libero, eppure antiossidante.
#marcopannella
20 maggio 2016

Ancora un po' di «Se non vince il Sì lascio la politica» e la riduzione dei parlamentari si otterrà votando no.
26 maggio 2016

Sostanzialmente le compagnie telefoniche ti telefonano.
7 giugno 2016

Domani con *il Giornale* in omaggio la Polonia.
11 giugno 2016

Bello questo #silenzioelettorale, tutti ne parlano.
18 giugno 2016

Sindaco o sindaca. S'indaga.
21 giugno 2016

Sarò brexit.
23 giugno 2016

Christo, pietà.
#floatingpiers

23 giugno 2016

– Lo sa che io sono uscita dall'Ue.
– Signora lei è una donna piuttosto distratta.
26 giugno 2016

Francesco: «Ai gay dobbiamo chiedere Xdono».
27 giugno 2016

Nuova opera di Christo, passerella sul Dalai Lama.

1° luglio 2016

#Raggi è in Trend Topi.
11 luglio 2016

Melania Trump si difende dall'accusa di aver copiato il discorso di Michelle: «I did not have sexual relations with that woman».
19 luglio 2016

#HollyeBenji compiono trent'anni. Dovrebbero essere arrivati più o meno a centrocampo.
19 luglio 2016

– Melania, e ora domani che diciamo?
– Domani è un altro giorno, si vedrà.
#discorsicopiati
20 luglio 2016

Caccio Pokemon. Serio, referenziato, zona Roma Nord, astenersi perditempo.
22 luglio 2016

– Bagagli?
– Uno solo a mano, Albinati lo imbarco, grazie.
#lascuolacattolica
3 agosto 2016

Dov'è la tangenziale?
Andiamo a domandare.
8 agosto 2016

Cara, la banca ci concede il mutuo. Possiamo prendere un taxi da Fiumicino a casa.
19 agosto 2016

La temperatura dentro ai supermercati ci sta sfuggendo di mano.
19 agosto 2016

#JeSuisCharlie da lunedì a venerdì, 10-18, martedì e giovedì anche pomeriggio.
#charliehebdo
2 settembre 2016

Oggi girano gli Charlie pari.
#charliehebdo
2 settembre 2016

Mi sento di averle già perse.
#airpods #appleevent
8 settembre 2016

Metti assessore, togli assessore.
#raggi #dedominicis

8 settembre 2016

Guarda, mamma, un assessore!

9 settembre 2016

È Bradxit.
#brangelina
20 settembre 2016

Noi non abbiamo nulla contro le Olimpiadi, io ho molti amici Olimpiadi.
#roma2024
21 settembre 2016

Primo oro alla sindaca in salto di incontro.
#roma2024
21 settembre 2016

Ma il giorno dopo il #fertilityday telefonata o messaggino?
23 settembre 2016

Gli italiani potranno finalmente rispondere al quesito di cui tutti parlano: che fai a Capodanno?
#4dicembre #referendumcostituzionale
26 settembre 2016

– Mi ami, sì o no?
– Stai personalizzando.
5 ottobre 2016

Matthew, D'Alema: «Non può essere contemporaneamente segretario Pd e uragano».
7 ottobre 2016

Lo sfondo di #Giletti ci ricorda che non si vota su Renzi.
#referendum

9 ottobre 2016

CNEL N°5
17 ottobre 2016

– Che fai al referendum?
– Niente di che, resto a Roma.
17 ottobre 2016

Gli esperti confermano: «I senatori cinque stelle non si possono prevedere».
30 ottobre 2016

Paura a un comizio di Trump. C'era Trump.
6 novembre 2016

Tirare a trumpare [tram-pà-re]. Tirare per la giacca, usare a fini impropri, adeguarsi in fretta. Vedi anche: salire su carro.
10 novembre 2016

Quando mi arrabbio mi trasformo, divento verde e posto foto.
Lou Ferragni.
13 novembre 2016

Quando il saggio indica la #SuperLuna lo stolto guarda il #SuperDito?
14 novembre 2016

– Che fai a capodanno?
– Non so, saranno determinanti gli indecisi.
#referendum
19 novembre 2016

Situazione sentimentale: CNEL.
#referendum
23 novembre 2016

Sta cosa che al referendum uno si deve divertire per forza.
24 novembre 2016

Nessuno può mettere il CNEL in un angolo.
#referendum
5 dicembre 2016

– Cara, hai rassicurato i mercati?
– Sì, ora dormono.
8 dicembre 2016

Sto per fare l'ennesimo cappuccino non eletto.
11 dicembre 2016

Ma i calzini sono stati soppressi con legge ordinaria?
13 dicembre 2016

Arrestato #Marra, un duro colpo alla giunta che era appena riuscita a fare l'albero di Natale.
16 dicembre 2016

– Ti amo.
– Io ti vedo più come Santo Stefano.
25 dicembre 2016

Hackerato il profilo di Di Maio, postati diversi congiuntivi esatti.
14 gennaio 2017

Barron Trump suona un po' come Forrest Gump. «Mio padre mi diceva sempre: la vita è come una scatola di cioccolatini, non c'è figa».
21 gennaio 2017

Milano, si faranno Ruby Quater e Quinquies. Berlusconi ricostruito in digitale.
28 gennaio 2017

Comune di Roma, abbonamento Atac gratis per i sopravvissuti al Comune di Roma.
29 gennaio 2017

Ma quando San Valentino era ancora beato, era la festa di quelli che «Mi piace ma non so se mi ci fidanzerei»?
#sanvalentino2017
14 febbraio 2017

Occidentali's Palma.

16 febbraio 2017

Ma quindi quelli che si volevano dividere si sono divisi sulla divisione?
#assembleapd
19 febbraio 2017

D'Alema: «La nuova forza politica si chiamerà "Diciamo", diciamo».
21 febbraio 2017

Trovato un sistema planetario simile al nostro. La #NASA: «Era salvato in bozze».
22 febbraio 2017

Ha vinto la la l'altro.
#oscars
27 febbraio 2017

Usa, Trump firma un foglietto lasciato lì, sulla scrivania.
1° aprile 2017

Direttamente
Da
Milano
Ecco
Il

Post
Verticale.
2 aprile 2017

Meno male che Silvio beeeee.

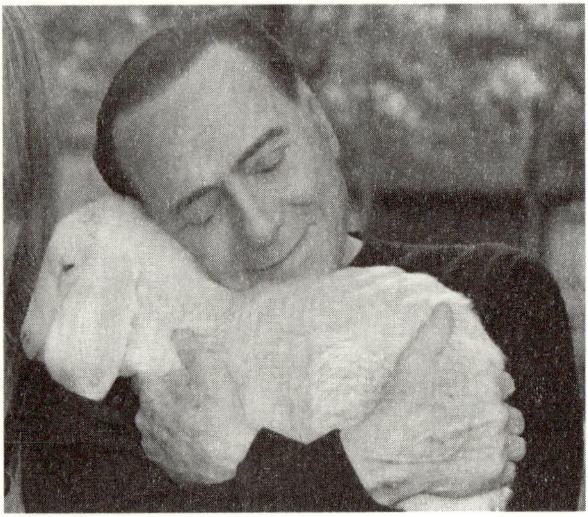

9 aprile 2017

+++ L'agnello di Silvio è nipote di Muuubarak.
La Camera approva +++
13 aprile 2017

– Ti amo.
– Io ti vedo più come Pasquetta.
14 aprile 2017

Ho scritto t'amo su un cavalcavia.
20 aprile 2017

– Ti amo.
– Io ti vedo più come un partito tradizionale.
24 aprile 2017

– Ti amo.
– Io ti vedo più come un Macron italiano.
26 aprile 2017

La crisi della carta ci ha insegnato che l'atterraggio è da paura, la reazione è da brividi e il finale è impressionante. GUARDA.
#clickbait
27 aprile 2017

Scrive un tweet dal suo iPhone. Quello che succede dopo è da brividi. GUARDA.
#clickbait
27 aprile 2017

Di Maio replica a Grasso: «Nessuna lacuna, mai stato a Venezia».
29 aprile 2017

Usa, la Marvel produrrà incontro Trump - Kim Jong Un.
2 maggio 2017

Il testo sulla #LegittimaDifesa arriverà al Senato. Di notte.
5 maggio 2017

– Ti amo.
– Posso postarlo?
– No, io ti amo in modalità aereo.
10 maggio 2017

Non è successo niente, ma il finale è da brividi.
GUARDA.
#clickbait
16 maggio 2017

No, niente. GUARDA IL VIDEO.
#clickbait
16 maggio 2017

GUARDA.
#clickbait
16 maggio 2017

Quello che succede nel video che viene dopo lo spot della nuova Toyota è da brividi. GUARDA.
#clickbait
19 maggio 2017

– Ti amo.
– Io ti vedo più come Pippa.
#pippaswedding
20 maggio 2017

E quindi Pippa non ha voluto Meghan al matrimonio e Meghan ha fatto pippa.
#pippaswedding
20 maggio 2017

Comunque «En Marche» come slogan va bene anche a Macerata.
21 maggio 2017

Scoperto il vero padre. Non di Harry, di William.
È Alfano. GUARDA.
#clickbait

21 maggio 2017

Nella foto, l'entusiasmo di Francesco per Trump.
E alle sue spalle Darth Vader.

24 maggio 2017

+++ Vaticano, storica stretta di mano Trump-Melania +++
24 maggio 2017

Tar del Lazio annulla cena. I giudici: «Meglio domenica, sul presto».
25 maggio 2017

Trump ha deciso, covfefe su tutto.
31 maggio 2017

– Ti amo.
– Io ti vedo più come un capolista bloccato.
4 giugno 2017

– Basta, o me o lei!
– Un po' troppo maggioritario come atteggiamento, non trovi?
7 giugno 2017

+++ Tar del Lazio annulla per sbaglio una cosa che aveva già annullato +++
7 giugno 2017

Centrosinistra diviso sull'eventualità di dar vita a un centrosinistra.
12 giugno 2017

Lega e Destra crescono. Io farei tipo un'alleanza con la Lega al Nord e con la Destra al Sud.
13 giugno 2017

– Ho preso una multa per eccesso di velocità a Roma.
– A quanto andavi?
– A 11.
15 giugno 2017

Il Consiglio di Stato al Tar del Lazio: «Io sono tuo padre!»
#tarwars
16 giugno 2017

È morto Helmut Kohl, cancelliere della riunificazione e sindaco d'a Germagna.
16 giugno 2017

La pulizia dei piatti per la lavastoviglie è essa stessa la lavastoviglie.
16 giugno 2017

Niente ma', so' stato il primo a di' ma chi è Caproni e me so' venuti tutti dietro.
#maturità
21 giugno 2017

«L'amore finisce dove finisce l'erba». Come Caproni ha conquistato i ragazzi.
21 giugno 2017

– Ti amo.
– Non dobbiamo parlare di alleanze!
7 luglio 2017

Evitare di aiutarli a casa loro nelle ore più calde.
9 luglio 2017

Noi ad aiutarli a casa loro e gli immigrati in hotel.
10 luglio 2017

– Salve signor Viola, la chiamo per nuove grandi offerte Eni.
– Ancora???
– Io è la prima volta che chiamo.

– E lei le ha più grandi ancora?
22 luglio 2017

Procura: «È afa capitale».
22 luglio 2017

Ma non è che tutto 'sto caldo ha a che fare con questa cosa che la terra è piatta?
23 luglio 2017

+++ Usa, Trump rimuove per sbaglio membro dello staff che aveva già rimosso +++
28 luglio 2017

– Ti amo.
– Io ti vedo più come uno dello staff di Trump.
29 luglio 2017

Un giorno tutta questa Atac ci sarà utile.
29 luglio 2017

L'America è un grande Paese. Composto prevalentemente da ex collaboratori di Trump.
31 luglio 2017

Quando in taxi per la stazione c'è traffico ma poi il treno parte in ritardo, è efficienza?
1° agosto 2017

– Pronto, sei in ritardo!
– Scusa, ma ero fermo all'incrocio e ho preso fuoco.
#climatechange
3 agosto 2017

– Pronto, sei in ritardo!
– Scusa, ci sono cicale giganti che t'attaccano, sull'Olimpica.
#climatechange
3 agosto 2017

– Ti amo.
– Io ti vedo più come una Ong.
7 agosto 2017

Il mio modello è il Pertini.
11 agosto 2017

Ho scritto io ti vedo più come un amico sulla sabbia.
17 agosto 2017

– Ti amo.
– Anch'io. Possa un asteroide colpirmi.
2 settembre 2017

– Mamma vorrei una colazione leggera ma decisamente invitante, che possa coniugare la mia voglia di leggerezza e di golosità.
– Drakarys.
3 settembre 2017

E tutti quei momenti andranno perduti nel tempo, come abbronzatura nella doccia.
4 settembre 2017

Dopo Merano, Berlusconi è talmente giovane che ha chiesto un partito decisamente invitante che possa coniugare leggerezza e golosità.
4 settembre 2017

Dopo Merano, Berlusconi è talmente giovane che è stato invitato a una cena elegante.
5 settembre 2017

Questa Merano da bere.
5 settembre 2017

Le nostre zanzare per strada e quelle degli immigrati in hotel.
6 settembre 2017

Dopo Merano, Berlusconi è così giovane che all'inaugurazione di un supermercato ha detto che tra Fini e Rutelli non ha dubbi e sceglie Fini.
7 settembre 2017

– Ti amo.
– Non è il momento delle polemiche.
11 settembre 2017

Berlusconi dopo Merano è talmente giovane che oggi a Fiuggi nasce Alleanza Nazionale.
17 settembre 2017

Ah, vuoi mettere leggere sulle cartelle Agenzia delle Entrate trattino Riscossione invece che Equitalia?
18 settembre 2017

– Ti amo.
– Hai ancora 272 caratteri.
#twitter280
30 settembre 2017

Quindi è Catalexit?
#catalogne
1° ottobre 2017

– Senti, io devo parlarti.
– Amore dimmi.
– Hai presente la Catalogna?
7 ottobre 2017

+++ Tar del Lazio annulla scioglimento #Elioelestorietese +++
18 ottobre 2017

Paracadutismo, *base jumping*, parapendio, via Nazionale in motorino.
18 ottobre 2017

Non lasceremo nessuna lancetta indietro.
#orasolare
29 ottobre 2017

La strada per il divano è lastricata di buone intenzioni.
5 novembre 2017

– Ti piace questa cosa che ora anche su Twitter si può scrivere tranquillamente argomentando un concetto, avendo a disposizione un maggior numero di caratteri e quindi garantendo, inevitabilmente, una maggiore chiarezza sia per chi scrive che per chi legge?
– No.
12 novembre 2017

– Ti amo.
– Hai una coalizione?
12 novembre 2017

Esce al cinema *Poveri ma ricchissimi*, il nuovo film di uno.
#cancelculture
14 novembre 2017

Situazione sentimentale: iPhone 9.
22 novembre 2017

– Pronto, chi è?
– Scusa sono al ristorante, c'è #Instagramdown e allora sto facendo un giro di telefonate.
12 dicembre 2017

Vorrei andare a trovare Spelacchio. A che ora sono le visite per i parenti?
16 dicembre 2017

#Spelacchio, il Comune: «Per ricordarlo faremo un albero di Natale a piazza Venezia».
19 dicembre 2017

Mi disse ti amo, ma non fece pressioni.
#boschi #bancaetruria
20 dicembre 2017

– Ti amo.
– A te e famiglia.
23 dicembre 2017

L'Italia deve tornare a crescere. Ma anche solo digerire non sarebbe male.
25 dicembre 2017

Babbo Natale: «Mi chiese dei Lego, ma non fece pressioni».
#boschi #bancaetruria
25 dicembre 2017

Digerire per Fermare il declino.
25 dicembre 2017

Di Maio: «Non è più tempo di uscire dall'euro».
A quest'ora, in effetti.
9 gennaio 2018

Aboliremo tutto.
#campagnaelettorale
10 gennaio 2018

– Ti amo.
– Così, senza abolire?
11 gennaio 2018

Aboliremo l'addio di Francesco Totti!
11 gennaio 2018

– Aboliremo la Fornero!
– Ma l'abbiamo abolita ieri.
– Aboliremo ieri!
12 gennaio 2018

– Ti amo.
– Uninominale o proporzionale?
22 gennaio 2018

Chi è stato tra i dentisti il primo a dire «Apri grande»?
24 gennaio 2018

Per chi viaggia in #direzionePd ostinata e contraria...
26 gennaio 2018

Morto domenica il fondatore di Ikea. È andato all'Ikea.
28 gennaio 2018

Per difendere la famiglia tradizionale digita due, tre per parlare con un operatore.
30 gennaio 2018

– Ho comprato un braccialetto su Amazon.
– E com'è?
– Non lo so, mi è arrivato un magazziniere di Brescia.
#braccialettoelettronico
2 febbraio 2018

Borrelli lascia il Movimento per fondare un nuovo movimento. Se vuoi sapere di più clicca su Visualizza ultimi movimenti.
#rimborsopoliM5S
14 febbraio 2018

+++ #4marzo, Gruppo Misto vicino a maggioranza +++
24 febbraio 2018

Ma se poi vieni espulso dal Gruppo Misto entri nel Mistissimo?
24 febbraio 2018

Il voto dei Tajani all'estero.
27 febbraio 2018

– Ti amo.
–
#silenzioelettorale
3 marzo 2018

– Ti amo.
– Io ti vedo più come un appoggio esterno.
6 marzo 2018

L'immigrazione ha contato molto nei luoghi dove si è imposta la Lega. Vedi Capalbio.
6 marzo 2018

A Roma centinaia di buche e voragini. Ma non hanno ancora la maggioranza.
6 marzo 2018

Strada fac ndo.
#karabuche
7 marzo 2018

Tachipirina 1000 di cittadinanza.
9 marzo 2018

+++ Elon Musk rilancia: dopo Marte, lancerò una Tesla per le strade di Roma +++
14 marzo 2018

Ho chiesto anche io a Siri. Ha detto che vuole il caricabatterie di cittadinanza.
18 marzo 2018

«Dialogo con tutti». Le prime parole di #Leone. #ferragnez
20 marzo 2018

– Ti amo.
– Sì, lo sapevo.
#facebookgate
20 marzo 2018

+++ Roma, unite due voragini: è metro +++
23 marzo 2018

Roma, trovato in una buca murales con bacio Occhetto-Berlusconi.
25 marzo 2018

Oggi Fico ha chiamato, dice che arriva più tardi. #leaderinautobus
27 marzo 2018

– Che fai per Pasqua?
– Dialogo con tutti.
28 marzo 2018

+++ Roma, si apre voragine tra la quarta e la quinta stazione. +++
#viacrucis
30 marzo 2018

Si va verso resurrezione di scopo.
31 marzo 2018

Domenica, Pasqua, Pesce d'Aprile. Ma nessuno ha la maggioranza.
1° aprile 2018

Why so serious?

15 aprile 2018

Amiamoci così, senza consultazioni.
20 aprile 2018

Oggi si vota lì, tra Abruzzo, Lazio, Campania e Puglia.
#elezionimolise
22 aprile 2018

Mattarella avvia nuove consultazioni ma si scorda il motivo.
23 aprile 2018

Il risultato del Pd in Molise conferma che uno dei due esiste.
23 aprile 2018

L'ENNESIMO #RoyalBaby NON VOTATO DAI CITTADINI!
23 aprile 2018

Consultami col tuo nome.
25 aprile 2018

Tenímmoce accussí.
Anema e #Coree

27 aprile 2018

– Un preincarico, grazie.
– Ho fatto incarico pieno, che faccio lascio?
2 maggio 2018

– Amo solo te.
– Basta veti.
4 maggio 2018

+++ Boldi e De Sica di nuovo insieme per cinepanettone di scopo +++
4 maggio 2018

Governo di servizio.
Faccio Def signò?
7 maggio 2018

#romeunderATAC

8 maggio 2018

Trump all'Onu: «Atac sta lavorando a bus nucleare».
9 maggio 2018

+++ I nomi? Hanno detto a sapelli, non Sapelli +++
14 maggio 2018

+++ Salvini-Di Maio: nei primi cento giorni di Governo faremo il Governo +++
14 maggio 2018

– Amore hanno suonato.
– E che apriamo così, senza fare totonomi?
16 maggio 2018

– Hai sentito questa storia delle pecore per tosare i parchi a Roma?
– Beh?
17 maggio 2018

Terminato il contratto. Premier Invio.
18 maggio 2018

9 ½.
#cinecurriculum
22 maggio 2018

Il premier incaricato travolto dalle accuse di aver falsificato il suo curriculum.
Conte in taxi al Quirinale.
Il 35 70: «Non ci risulta».
23 maggio 2018

Prima Repubblica, scorta.
Seconda Repubblica, taxi.
Terza Repubblica, scorta + taxi.
25 maggio 2018

Quarta Repubblica, motorino + blindato Lince.
25 maggio 2018

Quinta Repubblica, taxi + autobus + bersaglieri.
25 maggio 2018

26 maggio 2018

Bella la Terza Repubblica, ma non ci vivrei.
27 maggio 2018

+++ Di Maio: ok facciamo partire Governo Conte +++

30 maggio 2018

Piove, colloqui informali al Quirinale per Governo ladro.
30 maggio 2018

Il cambiamento del Governo del cambiamento è esso stesso il cambiamento.
31 maggio 2018

+++ Di Maio: noi al governo unico argine ai Cinque Stelle +++
31 maggio 2018

+++ Occupazione, #Istat: è boom di presidenti incaricati +++
31 maggio 2018

Ok. Ne facciamo un altro per sicurezza?
#governo
1° giugno 2018

+++ Viminale, Sibilia autorizza sbarco Apollo 11 +++
15 giugno 2018

+++ Salvini replica a Di Maio: faremo censimento dei censimenti da fare +++
19 giugno 2018

+++ Conte: evitiamo di censire nelle ore più calde +++
20 giugno 2018

Finalmente un'Europa coi contro dazi!

e Berlino convinca gli altri partner che, da Nord a Sud, hanno posizioni divergenti. —alle pagine 2-3

ni all'insegna del suo ipernazionalismo. —Continua a pagina 22

L'Europa fa scattare i contro-dazi per gli Usa

COMMERCIO GLOBALE

Scatteranno domani le contromisure Ue ai dazi imposti da Trump su acciaio e alluminio. Tariffe del 25% riguarderanno un elenco di prodotti per un valore di 2,8 miliardi di euro: jeans, bourbon whisky, scarpe da ginnastica, cereali, burro d'arachidi, moto. Ed è solo la prima fase: Bruxelles si è riservata di introdurre tariffe dal 10 al 50% su prodotti Usa per altri 3,6 miliardi di euro entro tre anni. La commissaria Malmstroem: «Non volevamo, ma la decisione ingiustificata e unilaterale degli Usa non ci lascia altra scelta». Stefano Carrer —a pag. 23

«Pace fis

ALLA FESTA DELLA G

Salvini spiazza Tria che punta sulla lotta a evasori per ridurre le t

Una «pace fiscale» per tutte telle esattoriali al di so 100mila euro. Arriva dal mi dell'Interno e vicepremier, M Salvini, la proposta di una s ria che riguarderebbe il 96 cartelle esattoriali in attesa scossione e che nel 75% d non superano i 5mila euro.

21 giugno 2018

+++ Salvini incalza: citofoneremo a casa della Boldrini e poi scappiamo +++
21 giugno 2018

Lo sai che il Frecciarossa 500 se ne prendi due diventa 1000.
22 giugno 2018

+++ Salvini attacca uno con una Panda grigia che era scattato il verde al semaforo e lui fermo +++
22 giugno 2018

Bisogna finalmente mettere mano sull'ipotenusa! Basta teorema di Pitagora!
23 giugno 2018

– Ti amo.
– Buonista.
23 giugno 2018

+++ Scala B, primo piano, int. 7: nuova roccaforte Pd +++
25 giugno 2018

– Vorrei una stanza.
– Preferisce suite, tripla, doppia superior, classic, singola senza bagno o roccaforte Pd?
25 giugno 2018

– Ti amo.
– Io ti vedo più come una roccaforte Pd.
25 giugno 2018

+++ Grillo rilancia: europarlamentare chi risponde al telefono Europa Europa +++
28 giugno 2018

+++ Fico, Conte media: socchiudiamo i porti +++
30 giugno 2018

– Vivi solo?
– No, faccio anche altro.
14 luglio 2018

Nel decreto dignità non c'è niente che riguardi il reggaeton?
15 luglio 2018

Una intera mattinata che @eni non chiama per fare offerte. Tutto bene?
19 luglio 2018

– C'è questa ondata di razzismo.
– Ma li avranno chiusi bene 'sti porti?
30 luglio 2018

+++ Ondata di razzismo, Pd: manifestazione a settembre. O qualcosa st'inverno, per spezzare un po' +++
30 luglio 2018

Dunque, l'Ama a Roma non ha un telefono per comunicare col pubblico. Se chiami lo 06 0606 ti dicono che per parlare con loro «Devi andare fisicamente in Via Capo d'Africa». Ah, l'Africa…
2 agosto 2018

Notizia, Di Maio: l'uomo è fatto per il 90% d'acqua.

7 settembre 2018

+++ Toninelli, stop a gaffes la domenica +++
15 settembre 2018

+++ Pd, Calenda: vabbè facciamo caffettino ok? +++
#lacenadicalenda
17 settembre 2018

Annullata per polemiche interne la cena di Calenda con leader Pd.
#lacenadicalenda

17 settembre 2018

Missione in Cina per Di Mario, con volo in seconda classe.
+++ Cina, Di Maio mostra biglietto del treno di ritorno +++
20 settembre 2018

– Aboliscono la povertà.
– E ancora niente contro gli spigoli?
26 settembre 2018

+++ Roma, fermato uomo ancora povero +++
#manovradelpopolo
28 settembre 2018

Nuova trovata di #Banksy.

8 ottobre 2018

+++ Toninelli: ponte sullo Stretto andrebbe chiuso al traffico +++
9 ottobre 2018

– La trovo molto bella.
– Come manovren?

19 ottobre 2018

+++ Declassate le cinque del pomeriggio, passano a quattro. Outlook negativo +++
28 ottobre 2018

Si sta come d'autunno
A Roma
Gli alberi.
29 ottobre 2018

+++ Maltempo, Raggi: colpa delle perturbazioni precedenti +++
30 ottobre 2018

+++ Isoardi, Conte assume interim +++
5 novembre 2018

Berlusconi rinviato a giudizio.
Gli anni delle immense compagnie. Gli anni in motorino sempre in due.
16 novembre 2018

+++ #DolceGabbana chiedono scusa per il video in cui chiedono scusa +++
23 novembre 2018

+++ *Demolizione Villa dei Casamonica*, aggiunte tre nuove date +++
26 novembre 2018

– Ti amo.
– Questo lo dice lei!
30 novembre 2018

+++ Nuova gaffe di #Toninelli che anticipa uscita album +++
3 dicembre 2018

+++ #PrimaScala, Di Maio mostra biglietto della seconda +++
7 dicembre 2018

+++ Tentano di salvare banca in pieno centro, arrestati +++
8 gennaio 2019

Luigi Di Maio conferma di stare bene nei pressi di Boom Economico.
12 gennaio 2019

+++ Salvini irrefrenabile su Battisti: ora tocca agli Audio 2 +++
14 gennaio 2019

+++ Nuovo attacco della Cuccarini: costruiremo un muro col Messico e Heather Parisi pagherà quel muro +++
18 gennaio 2019

È troppo economico ’sto boom.
19 gennaio 2019

+++ Escalation Parisi-Cuccarini, Pippo Baudo scioglie le Camere +++
20 gennaio 2019

Il Governo definisce "anti-divano" alcune norme per il reddito di cittadinanza.
+++ Artigiani della qualità: noi in piazza contro norme anti-divano +++
20 gennaio 2019

+++ Di Maio: Banfi patrimonio Unesco, piripiripiripì gne gne +++
22 gennaio 2019

Libero: «Calano fatturato e più ma aumentano i gay». Scegli tu il prossimo titolo di #Libero:
– Cala il dollaro ma è boom di mancini coi baffi!
– Borse in picchiata, ma è invasione di cognati!
– Draghi alza i tassi, se la godono gli introversi!
– L'Europa boccia la manovra, ma cazzo ho lasciato le chiavi a casa!
23 gennaio 2019

+++ Dilemma su "uscire il cane". L'Accademia della Crusca definitiva: fatevi un gatto +++
28 gennaio 2019

+++ Di Maio: è il #boomeconomico che prende la rincorsa +++
#recessione
31 gennaio 2019

Un giorno tutto questo sarà governo precedente.
31 gennaio 2019

+++ Accordo sulla Tav, la farà il governo precedente +++
3 febbraio 2019

– Hai sentito l'allarme satanismo?
– Sarà colpa dell'esorcista precedente.
15 febbraio 2019

+++ #PiattaformaRousseau, nuova proroga. Saranno cinque serate, venerdì duetti +++
18 febbraio 2019

+++ Finalmente terminato spoglio in Sardegna, vince Prodi +++
26 febbraio 2019

+++ Accademia della Crusca, in determinati contesti corretta l'espressione "ho sceso #Toninelli" +++
18 marzo 2019

+++ Toninelli, auguri a tutti i papà +++
#festadelpapà

19 marzo 2019

+++ Incontro a sorpresa Zingaretti-Salvini +++

4 maggio 2019

Ma chiudere una saletta bingo tra un negozietto di cannabis light e l'altro no eh?
9 maggio 2019

+++ #Istat rivede stime Pil che passa da "quando lo ordini on line" a "quando ti arriva a casa" +++
22 maggio 2019

+++ La povertà: abbiamo abolito il M5S +++
27 maggio 2019

Ieri sera a #DiMartedì hanno applaudito un applauso.
29 maggio 2019

+++ Piattaforma Rousseau conferma Di Maio, domani voto su Pippo Baudo, grande professionista +++
30 maggio 2019

+++ Conte prende in mano la situazione e annuncia: fate qualcosa +++
3 giugno 2019

+++ Appello di Zingaretti al Pd: restiamo "u n iti" +++
18 giugno 2019

+++ Roma risponde e lancia Barberini Repubblica 2032 +++
#olimpiadi2026
24 giugno 2019

– Ti amo.
– È arrivato il professorone.
3 luglio 2019

– Che fai nella vita?
– Io non mollo, tu?
7 luglio 2019

La Raggi twitta entusiasta per il montaggio di un cordolo a Roma,
Il cordolo entusiasma i romani. (*Il Messaggero*)
Con il cordolo Roma riparte. (*Repubblica*)
Sala: «Cordolo modello anche per Milano» (*Corsera*)
Finalmente un cordolo italiano. (*Libero*)
Roma, turisti in coda per il cordolo. (*La Stampa*)

Vedo la santità del cordolone. (Venditti)

27 luglio 2019

Polemiche per il figlio di Salvini al mare con moto d'acqua della Polizia.
«Ragazzi, deciso: quest'anno vacanze in camper!».

31 luglio 2019

Il ministro dell'Interno Salvini un po' troppo in spiaggia.
– Scusi per rinnovare il passaporto?
– Ombrellone 24, seconda fila.
#papeetebeach
2 agosto 2019

+++ Decreto Sicurezza, esce il remix +++
3 agosto 2019

+++ Senato, Casellati: dopo voto fiducia passino almeno tre ore prima di fare il bagno +++
4 agosto 2019

+++ Calenda: ci sono due Pd. Meno di uno per la Questura +++
8 agosto 2019

– Che le porto col mojito?
– Pieni poteri, grazie.
9 agosto 2019

A Roma fa così caldo che il Pd si sta unendo.
12 agosto 2019

Diario della crisi: la crisi è in crisi.
13 agosto 2019

Diario della crisi: troppe poltrone, si fa largo ipotesi governo in piedi.
15 agosto 2019

Don't cry for me Farnesinaaa!

6 settembre 2019

Rigida! Rigida! Rigida!

10 settembre 2019

Bibbiateci di parliamo.
16 settembre 2019

+++ Clima, Onu: fermiamoci in tempo o i meme di Greta invaderanno il pianeta +++
25 settembre 2019

+++ Lucio Battisti sbarca su Spotify, Di Maio: abbiamo abolito la trap +++
29 settembre 2019

+++ Nuela lascia #XF13 e fonda Carote Vive +++
18 ottobre 2019

+++ Mafia Capitale, Cassazione: non era mafia. Qualche dubbio anche su Capitale +++
23 ottobre 2019

– Rimango in casa.
– Stai facendo un favore a Salvini.
– Esco.
– Stai facendo un favore a Salvini.
3 novembre 2019

+++ Dopo #TikTok, Salvini approda su Impostazioni +++
13 novembre 2019

Non hai vinto.

21 novembre 2019

Non ricordo quando ho iniziato, ma ho visto *The Irishman*.
1° dicembre 2019

Prima ho aperto un attimo il frigo e davano *Tolo Tolo*.
2 gennaio 2020

Io il 7 un Santo Stefano della Befana lo aggiungerei.
7 gennaio 2020

Sole, camicia, quindici gradi. Sembra di stare in Antartide.
#climatechange
16 febbraio 2020

Una boccetta di Xanax gel per le mani, grazie.
3 marzo 2020

C'è questa modalità "post attentato" in giro, che invita a non arrendersi.
Lecca anche tu una maniglia. Non cediamo alla paura.
#coronarvirusitalia
7 marzo 2020

Ormai sto a un metro anche da me.
13 marzo 2020

Precauzione definitiva: levarsi le mani.
17 marzo 2020

La più bella delle autocertificazioni
è quella che non scaricammo.
25 marzo 2020

Facciamo che le spostiamo avanti di 12-18 mesi.
#oralegale
28 marzo 2020

Mentre decidiamo se uscirne migliori o uscirne peggiori, c'è chi esce e basta.
#restiamoacasa
5 aprile 2020

– Ti amo.
– Aspe ti sei bloccato, prova a passare dall'app del cell al pc. Ti mando link. Ma hai Mac? Meglio se apri con Chrome, Safari no. Mi vedi ora? Io ti vedo, tu mi senti? Attiva mic. Ma hai zoom? Aspe provo FaceTime ma tolgo WiFi che è lento. Eccoti, dicevi?
#iorestoacasa
9 aprile 2020

Io stasera casa.
#frasidiprima
13 aprile 2020

Che poi il vero problema del #plexiglass è che è trasparente.
14 aprile 2020

+++ Iss, dati non attendibili: le task force sono molte di più +++
19 aprile 2020

Chi guarisce più di Chanteclair?
#Trump
24 aprile 2020

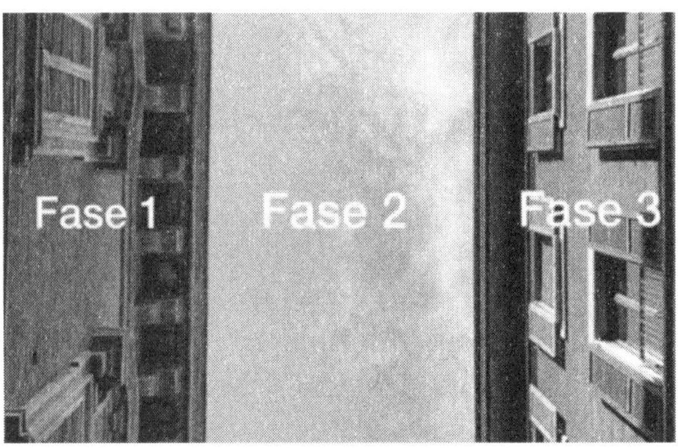

26 aprile 2020

+++ Conte: Inizia la fase 16-13+2-1,5+1,5-3 +++
26 aprile 2020

@affettostabile86: ciao, ti va di vederci?
27 aprile 2020

– Ti amo, ai sensi degli artt. 46 e 47 DPR 445/2000.
28 aprile 2020

Kim non muore e si rivede.
2 maggio 2020

Ne usciremo migliori, salvo intese.
10 maggio 2020

Terremoto, pioggia, tuoni. Ci risentiamo quando arriva Godzilla verso le nove, ok?
11 maggio 2020

– Ma non eravamo diventati migliori?
– Abbiamo fatto richiesta.
12 maggio 2020

+++ Salvini non scarica #Immuni perché tiene alla privacy. La privacy: Salvini chi? +++
9 giugno 2020

+++ Treni con capienza al 100%. Trenitalia si difende: tranquilli, per problemi sulla linea all'arrivo ci sarà il vaccino. +++
1° agosto 2020

Il bonus in beneficenza è bonlus.
11 agosto 2020

Sautè di bozze.
24 ottobre 2020

+++ Dpcm, trovato accordo con le Regioni: zona rossa in Ohio +++
3 novembre 2020

+++ Conte: arancioni Puglia, Sicilia e una terza Regione a tua scelta +++
4 novembre 2020

Non ricordo più esattamente cosa, ma Biden ha vinto!
7 novembre 2020

+++ Trump: non ce n'è Biden! +++
#election2020
7 novembre 2020

+++ L'Oms: il commissario Covid in Calabria è mutato +++
8 novembre 2020

Sul Mes la penso come Carletto, 3 anni, da Roma.
13 novembre 2020

+++ #Calabria, Governo: serviamo il numero 4 +++
17 novembre 2020

Conte dalla Gruber infila una serie di buoni propositi.
– Presidente ma è un po' raffreddato?
– Ci stiamo lavorando.
#ottoemezzo
23 novembre 2020

In che stanza stai a Capodanno?
30 dicembre 2020

Torneremo ad abbracciarci*

* Ma pioverà per sempre.
3 gennaio 2021

+++ Governo verso bizona in tutta Italia +++

5 gennaio 2021

MAKE PEOPLE VILLAGE AGAIN.
#trump

6 gennaio 2021

+++ Conte: visto l'andamento della curva si rende necessario lockdown totale a Rignano +++
#crisidigoverno
12 gennaio 2021

Si va verso Conte Ter Pro Max.
#crisidigoverno
12 gennaio 2021

++ Renzi: Governos dica sì a Mes ++
12 gennaio 2021

Come te nessuno mai.

19 gennaio 2021

Il #Senato Var(a) la fiducia.
#crisigoverno
19 gennaio 2021

Biden è entrato alla Casa Bianca.
#inauguration2021
Trump:

20 gennaio 2021

Certi meme non finiscono /
Fanno dei giri immensi e poi ritornano.
#berniesanders

22 gennaio 2021

+++ Crisi, si valuta soluzione figuranti a Palazzo Madama +++
24 gennaio 2021

Ricordiamo che occorrono due corazzieri contemporaneamente davanti alla porta per aprire una crisi di Governo.

26 gennaio 2021

– Cosa rispondi alle telefonate su cambio operatore, telefonia fissa e tariffe più convenienti luce e gas?
– A questo proposito, adotterò un'iniziativa. E attacco.
30 gennaio 2021

+++ Renzi strafà e chiede accordo scritto in arabo +++
30 gennaio 2021

+++ È Crisi, Renzi chiede terzo continente a sua scelta +++
2 febbraio 2021

+++ E alla fine Mattarella: Dracarys! +++
2 febbraio 2021

+++ Di Maio: Italia non ha bisogno di *wherever it tapes* +++
3 febbraio 2021

36,3 che sobrietà.
#draghi
3 febbraio 2021

Conte Ter, ora anche in versione pic nic!

4 febbraio 2021

+++ Oggi leggero calo del numero dei compagni di scuola di #Draghi +++
4 febbraio 2021

#quellavoltacheDraghi fece spazio a Jack sulla zattera.
5 febbraio 2021

#quellavoltacheDraghi aveva previsto #quellavoltacheDraghi
5 febbraio 2021

+++ Salvini: Lega is ready to do whatever it takes to preserve the Roma-Latina. +++
6 febbraio 2021

+++ #Rousseau, vince il Si senza accento +++
11 febbraio 2021

In fondo la politica è quello che succede mentre Franceschini è ministro della Cultura.
12 febbraio 2021

Io punto tutto sui sottosottosegretari.
#governodraghi
25 febbraio 2021

Non è vero che è facile farsi da solo le domande. Io per esempio sono mesi che mi nego un'intervista.
28 febbraio 2021

Mi piace l'odore di AstraZeneca al mattino.
#figliuolo
1° marzo 2021

Prima del sesso ibuprofene: hai degli oki bellissimi.
#sanremo2021
5 marzo 2021

+++ Renzi: sul mio viaggio a Dubai non intendo rispondermi +++
9 marzo 2021

Restiamo distanti oggi per no vabbè niente.
13 marzo 2021

Situazione sentimentale: canale di Suez.
27 marzo 2021

+++ Renzi, Lega Araba: spieghi i suoi continui viaggi in Italia +++
29 marzo 2021

Hashtag la Victoria

Una categoria a parte per i twittaroli di ogni età sono quelli su Sanremo. Fatti tutti insieme, in diretta, a commentare il Festival che ogni anno si impregna delle manie del momento, della politica del tempo, della Rai, delle polemiche. Tutto si twitta, intorno alla grande festa di paese e del Paese che da sempre è Sanremo. In questa parte troverete un po' di questi tweet.

Ma una delle cose cose belle di Twitter, in questo senso social insuperabile, sono quei giochi a metà strada tra pazzeggio totale e sfida, che di tanto in tanto partono legati alle cose che succedono. Qui comanda l'hashtag. #Cinequalcosa o #cinequalcuno, ovvero titoli di film rivisti il giusto per restituire il senso della storia di cui tutti parlano. C'è stato un tempo in cui andavano molto anche i mash up, ossia mescolare in una crasi cose, canzoni o personaggi. #Mashupmusic, #mashupmovies. Uno dei miei preferiti aveva questo hashtag: #lessambitiusbook, poi anche #lessambitiusmovies. Si trattava di modificare in parte il titolo di un libro famoso, rendendolo meno pomposo, meno ambizioso appunto, ma lasciandolo riconoscibile. È un esercizio molto divertente per unire alto e basso, a volte escono delle cose meravigliose. Altri hashtag che troverete sono #cibreria, tra libri e cibo, #cineterapia, tra film e medicine e via dicendo.

C'è sempre un hashtag per tutto. Qui ce ne sono un po' di questi ultimi anni.

Leggeteli, poi quando vi stancate, dite bashtag.

Mashup & Co.

Lo specializzando Zivago.
#lessambitiuosbooks
3 gennaio 2012

Un moschettiere.
#lessambitiousbooks
3 gennaio 2012

Tweet criminale.
#lessambitiousbooks
3 gennaio 2012

Il mercante di Pomezia.
#lessambitiousbooks
3 gennaio 2012

A sangue tiepido.
#lessambitiousbooks
3 gennaio 2012

De non troppo profundis.
#lessambitiousbooks
3 gennaio 2012

Lo status di Bridget Jones.
#lessambitiousbooks
4 gennaio 2012

8 e ¼.
#lessambitiousmovies
4 gennaio 2012

Indiana Jones e la penultima crociata.
#lessambitiousmovies
4 gennaio 2012

Tutto su mia matrix.
#mashupmovies
4 gennaio 2012

Ermanno Holmes.
#mashupmovies
4 gennaio 2012

Io sono leggenda del pianista sull'oceano.
#mashupmovies
4 gennaio 2012

La morte ti fa bella a Venezia.
#mashupmovies
4 gennaio 2012

La grande fuga da Alcatraz.
#mashupmovies
4 gennaio 2012

Rocky e Renato.
#mashupmoviesacazzodicane
5 gennaio 2012

Il settimo sigillo Pontecorvo.
#mashupmovies
5 gennaio 2012

Il buono, il brutto e il cattivissimo me.
#mushupmovies
5 gennaio 2012

Toy story scatenati.
#mushupmovies
5 gennaio 2012

Pink Lloyd, band dal successo assicurato.
#mashupmusic
18 marzo 2012

Colplaid, band freddolosa del momento.
#mashupmusic
18 marzo 2012

Illesi dopo incidente d'auto. Sbandai ballet.
#mashupmusic
18 marzo 2012

Gladiohead, gruppo segreto paramilitare.
#mashupmusic
18 marzo 2012

Pooh2, storica band italo irlandese.
#mashupmusic
18 marzo 2012

Ringhieira, il balcone sta finendo.
#mashupmusic
18 marzo 2012

Locomotiva, torna a casa mia. Guccini di campagna.
#mashupmusic
18 marzo 2012

Maglianarythmics, gruppo vicino all'Eur.
#mashupmusic
18 marzo 2012

Litfibra, applausi per.
#mashupmusic
18 marzo 2012

Vialcoolvento.
#kolossalisbronze
12 aprile 2012

Gavitar.
#kolossalisbronze
12 aprile 2012

Traminer contro Traminer.
#kolossalisbronze
12 aprile 2012

Gintanic.
#kolossalisbronze
12 aprile 2012

Otto e mezzo nove.
#filmcomodi
12 luglio 2012

Divanic.
#filmcomodi
12 luglio 2012

I Puff.
#filmcomodi
12 luglio 2012

Otto e un quarto.
#moodysfilm
17 luglio 2012

AAAvatar.
#moodysfilm
17 luglio 2012

Alianz vs Spreadator.
#moodysfilm
17 luglio 2012

Rizzo-Stella, La pasta.
#Cibreria
21 luglio 2012

La solitudine dei primi.
#Cibreria
21 luglio 2012

«Cinquanta sfumature di gricia».
#cibreria
21 luglio 2012

Le avventure di Oliver Toast.
#cibreria
21 luglio 2012

Ben.it Mussolini.
#webfascista
26 agosto 2012

Chi si ferma è defollowato.
#webfascista
26 agosto 2012

Noi twitteremo dritto!
#webfascista
26 agosto 2012

EIA EIA AL iPad.
#webfascista
26 agosto 2012

Le colline hanno gli oki.
#cineterapia
30 agosto 2012

Orte ti fa bella.
#cinecittà
8 settembre 2012

RIE.T.
#cinecittà
8 settembre 2012

Pavia col vento.
#cinecittà
8 settembre 2012

Jack, sali.
#fakeendings
10 gennaio 2018

Io sono tuo zio.
#fakeendings
10 gennaio 2018

Sanremo bre

Salvate il soldato Adryan!
#sanremo
14 febbraio 2012

Polemiche su *Avvenire*, Povia: Luca era Cei.
#sanremo
15 febbraio 2012

Se vince Il Volo è allerta tenorismo.
#sanremo2015
15 febbraio 2015

Sms verso tutti, giga illimitati.
Passa a Mina.
#sanremo2017
7 febbraio 2017

L'Italia è uscita da Al Bano.
#sanremo2017
11 febbraio 2017

La canzone di Al Bano eliminata a Sanremo. Il testo ora passa al Senato.
11 febbraio 2017

TIM annuncia: finiti i giga. Sigla.
#sanremo2017
12 febbraio 2017

Stasera seconda serata di #Sanremo2018, si esibiranno i Pooh pari.
7 febbraio 2018

Il bello è che nessuno dei Pooh avrebbe a oggi la maggioranza.
#sanremo2018
8 febbraio 2018

Ancora boom di ascolti per #Sanremo2018. Segno che anche i Pooh lo guardano.
9 febbraio 2018

#Sanremo2018, stasera quarta serata. I cantanti della categoria Pooh duetteranno con dei non Pooh.
9 febbraio 2018

La storia di Mahmood ci insegna che l'Italia sa essere un esempio di accoglienza e integrazione anche se sei nato a Milano.
10 febbraio 2019

#Sanremo2020, dopo seconda serata *The Irishman* declassato a cortometraggio.
6 febbraio 2020

+++ #Sanremo2021, all'Ariston poltrone a rotelle +++
28 gennaio 2021

+++ Sanremo, il Comitato tecnico scientifico: ok allo svolgimento del Festival senza Morgan +++
5 febbraio 2021

Mentre salutate, ricordatevi di andarvene.

Indice

Certificato PEFC
Questo prodotto è realizzato con materia prima da foreste gestite in maniera sostenibile e da fonti controllate
www.pefc.it
PEFC
PEFC/18-31-226

Finito di stampare per conto di People s.r.l.
nel mese di maggio 2021
da Grafica Veneta S.p.A.
Stabilimento di Trebaseleghe (PD)